KB262183

미시간 애비뉴

국립중앙도서관 출판시도서목록(CIP)

미시간 애비뉴 : 최선주 시집 / 지은이: 최선주. — 서울
: 청동거울, 2007
　　p. ;　　cm
ISBN　978-89-5749-084-6 03810 : \7000
811.6-KDC4　　895.715-DDC21　　CIP2007001227

미시간 애비뉴

2007년 4월 19일 1판 1쇄 인쇄 / 2007년 4월 21일 1판 1쇄 발행

지은이 최선주 / 펴낸이 임은주 / 펴낸곳 도서출판 청동거울
출판등록 1998년 5월 14일 제13-532호
주소 (137-070) 서울 서초구 서초동 1359-4 동영빌딩
전화 02)584-9886~7 / 팩스 02)584-9882
전자우편 cheong21@freechal.com

주간 조태림 / 편집 이선미 / 디자인 임명진 / 마케팅 김상석

값 7,000원

ISBN-13 : 978-89-5749-084-6

미시간 애비뉴

최선주 시집

청동거울

2 계절따라

1 동시대인

젊은 그대 1

—영정에

가는가 그대
신 새벽 아침이슬을 털며
선뜻 들어설 것 같은 그 모습 남기고

그대 정녕
가—는—가
언제고 오고 싶은 때
막차라도 타고 올 거라던
그 길 왔던 냥 되짚어 가는 것인가

인생은 헛된 것
풀잎에 맺힌 이슬이라지만
그대
아직 햇살을 받기도 전에
솜털 보송한 장미빛 뺨
수줍은 미소가 여전한데

가는 그대
발로 뛰어 데불고 오고 싶어한

밝은 세상 아직 먼데
마시는 공기마저 아픔이 되는
피멍든 가슴으로 남은 우리들 뒤로 한 채

가는 그대
세월이 무수히 흐를지라도
그 여전한 모습으로 다시 오라
사진 속에서 환히 웃는 그 모습으로

오라
젊은 그대
역사 속에 작은 횃불이 되어
뭇 가슴에 영원할 그 모습으로.

젊은 그대 2
—고백

만난 사이 없는데
끓는 이별이 있었고
사랑한 새 없는데
아픈 그리움이 쌓여갔다

떠난 뒤 알게 한 이름으로
행동하는 몇 마디 언어로
이다지도 가슴에 맺히어 온다

그토록 가슴 태워 설워한 것이
내가 사는 이 세상이 아니었더냐
너를 죽게 한 것이
나인 것만 같구나

햇볕 따사로운 날
오수에 쫓기는 의식 너머로
그대는
소리없는 아지랑이로 오느냐
흔적없는 실바람으로 오느냐

젊은 그대 3
—무덤

날이 가며
이름 걸고
오고 또 와 눕는 목숨
그래도 한 마디 말이 없는가

말로 하지 않아도
아노라 아노라고
스치는 바람조차
외면하는가

가슴에 묻어 논
선홍의 꽃씨
채 떨구고 올 사이도 없이
아 외마디 신음도 없이
침묵으로 전하는 통한(痛恨)

그대를 기억하는 젖무덤
그 아픔마저 외면한 채
침묵하는가

서러워 돌아누운
그 고요인가

수인(囚人) 1

어젯밤 꿈에서도
여전히 너는
변명 한 마디 없었다.

수척한 얼굴
그래도 잡힐 듯한
미소가 어린 채

안타까워 내미는 손 가득
선득한 물안개만 짚히어 오더니.

달포 전에도
십여 년 전 그대로
여전히 너는
여윈 어깨로 서 있더니

아! 그것마저
꿈에서의 일

여명의 꿈속에서나
눈부셔 접혀지는 망막에서나
언제나 너는
여윈 모습으로만 있다.

웃음 웃는 얼굴이어서
더욱 절실한 애달픔이여
목덜미에 감겨오는 그리움이여
너는 내 기억의 포로로 그냥 있다.

수인(囚人) 2

자리에서 일어나
거울 속의 나를 본다
꿈에 너를 본 날이면
자리에 남은 체온을 아쉬워하듯
얼얼한 그리움 가운데서

너의 창가에도 낙엽이 날리고
햇빛을 사위는 바람과
그 바람에 씨름거리는
가을이 출렁거릴 것임에

같이 이고 사는 하늘
마시우는 공기
피부에 감겨오는 찬바람까지도
우리가 나누는 것이기에
감사한 것을

그렇다
지척이 천 리인 양 볼 수 없어도

언어가 없던 태초의 그 때처럼
더 이상 한 마디 말도 없으나

그래도 서로 사랑하지 않느냐
가슴 부서져 내리는 아픔으로
매순간 서로 부둥키지 않느냐

품을 수 없어도
향기를 날리우는 게
지금 우리들의 사랑 아니냐.

그 오월

노래하리야
오월엔 신록을 노래하리야
달려 보리야
내리는 은빛 속을 달려 보리야

귀를 막아도
눈을 감아도
들리는 함성
보이는 녹음

땅을 덮고 누워도
보이는 오월의 한낮
진동하는 젊음의 召命

잠이 안 온다
천 년을 두고도
잠이 안 온다.

불면(不眠)

잠이 오질 않아요
창문을 두드리는 바람소리
풀 먹인 광목치마 자락 끄시듯
사그락 사그락 오시는 빗소리 들을 때면

잠이 오질 않아요
갱변둑 거닐다 온
촉촉한 바람
간간이 스치는 번갯불 사이로 보이는 날이면

기다릴 이 없는데
시간만 고치어 보아가며
밤을 다 보내도록
잠이 오질 않아요

어딘가에서 젖고 있을
쭉지 어려 지친 어린 새
외로이 강둑에 묶여 있을
틈 가고 낡은 목선 한 척 떠오는 밤

잠이 오질 않아요
어둠 속에 후득후득 빗소리 듣는 때면
섬광처럼 살아오는 얼굴들
잠이 오질 않아요

통일이여

오게
발 빠른 걸음 아니더라도
보이지 않는 그대 기다려 온
빈 하늘 밟으며 오게

오게
언제라고 약속 없어도
믿는 맘으로 목 늘이고 선
비탈진 양지녘 길 따라서 오게

백 년이 걸려도
그 몇 배 더해지는 세월이어도
기다림의 시계는
그대 오기까지 멈춰진 채로
오지도 가지도 않아

오게
머언 길이어서
그저 그 자리에 맴돌 듯 더딜지라도

그대 기다리는
이 땅을 향하여 오기만 하게.

유토피아

소리는 소리대로
빛깔은 빛깔대로
형상은 형상대로
아름답게 아름답게
끝날까지 그렇듯 아름답게

어린이는 어린대로
젊은이는 젊은대로
노인네는 노인네 그대로
나이답게 나이답게
바꿈하는 시간을 서두르지 않게

자연은 자연의 순리대로
사람은 사람의 도리대로
역사는 역사의 진실대로
편안하게 편안하게
억지 없이 그렇듯 편안하게

제각기 평화롭게 평화롭게

모두들 조화롭게 조화롭게
본연의 소용대로 자연스럽게
처음처럼 여리고 순전하게
끝날까지 한결같이 아름답게.

해의 몰락

높은 첨탑 키 큰 나무에 걸려
잠시 걸음을 멈추고 선 저녁 햇살을 보아라
충혈된 눈빛으로 강산을 둘러보며
목젖까지 울려 설움 삼키는 소리를 들어보라

어둠에게 내주고 가는 세상
다시 이 땅을 찾기까지
숱한 시간을 견디며 시린 가슴을 여미며
발 굴러 새벽을 기다려야 하리니

핏빛으로 짙어가는 아쉬움으로
고갯마루 넘어가는 저녁 햇살을 보아라
배웅하던 한 떼의 새들마저
어둠 속에 묻히어 사라져 버린 빈 서쪽 하늘을 보아
라

높이가 차오르는 어둠의 향연
마주 서도 분간 못할 어둠 속에서
보여주는 것 말고 볼 수 있는 것이 무엇이랴

새 숨 쉬며 기다리는 여명의 새 날 말고는 기대할
바가 무엇이랴.

고독

바벨탑처럼 쌓아 올려진
빌딩의 한 창가에서
분주히 돌아가는 세상을 본다.

물결로 밀려가는 차량 차량들
판토마임의 인물들처럼
잰 걸음걸이의 사람 사람들

시간을 손해 보지 않으려는 지식인들
물질을 손해 보지 않으려는 기업인들
마음을 손해 보지 않으려는 연인들

그리고
민폐됨을 피해 절로 움츠러진 소시민들

경우를 존중해서 형형색색의 옷들로
입혀지고 꾸며진 가슴속으로
얼키고 설켜가며 어려워진 마음들

어디에 대고 아아 우우
고성의 숨을 토해 낼 수 있을까
목소리를 다 내어주고 메아리를 기대할 수 있을까

그래서
행여 여기 한 사람이 더 있음을 알아줄 이 있을까

서울

배고픈 이들은
서울로 간다
정든 집 빗장 지르고
돈 나무가 자란다는 땅
바늘 꽂을 자리 찾아
서울로 간다

배부른 이들은
서울에 산다
옛부터 사람에겐 서울이라고
네 발로 땅 짚고서
서울에 산다

삼천 리가
서울이 된다
통개구리 삼킨 비암
옆구리 벌어지듯
씰룩씰룩 서울이 커간다.

굴종

소리 죽여
아우성은 쳐도
목청껏
소리 한 번 질러 본 적 없이

목젖 울리며
눈물을 삼켜도
발 굴러
통곡 한 번 해 본 적 없이

장독에 간장 우리듯
오뉴월 젓갈 삭히듯
누르고 다지는 가슴
썩히고 띄우는 오장(五臟)

자유인

내겐 자유가 없다.
어디로 가고 있는지 모르는 채로
늘 정신 없이 서대며 얼추 보는
하늘과 땅 사이에 바람이 불고
철마다 다른 꽃들이 살아오지만
나는 그들을 지나칠 뿐인 전쟁포로 마냥
시간에 쫓기며 앞만 보는 행군을 한다.

내겐 자유가 없다.
늘 단정하게 차려 입고
빵꾸 나지 않은 양말에 윤낸 구두를 신은 채
반복되기에 질서가 있는 하루하루를 보낸다.
취침 전엔 양치질을 하고 맨몸 위로 걸친 맥신한 잠
옷으로
품위 있는 문명인을 살아내는
나는 자유인이 아니다.

내겐 자유가 없다.
무엇을 원하는지 신앙하는지

혼자서는 무엇하나 확실한 바 없이
가장 싫어하는 것과 끝없이 동경하는 것에 대해서도
원만한 인간이기 위하여 섣불리 공표해서는 아니
되며
기품 있는 문화인이 되기 위하여 개성 있는 괴짜가
아닌
무난한 다수의 하나로 남아야 한다.

전례를 따르며 소수를 묵살하고
다수의 의견을 존중하는 민주주의를 선포하고도
내 안에서는 질식을 거부하는 기침소리 심해지고
천식환자처럼 숨이 차올라 한 번씩 큰 한숨 몰아쉬는
혼동과 분열을 견디며 만드는 자체 성형의 작품집
속병 깊어가는 신종 수퍼 인간
나는 자유인이 아니다.

내게 자유는 또 하나의 부담이다.
매순간 강해질 것과 일상의 주인이 될 것
사람들 누구에게나 공평히 나를 분배시킬 것

미운 놈 미워하지 말라고 싫은 놈 싫다고 말라는 평
등의 사회
'언론의 자유'와 '인권의 침해'가 치고받는 쌈박질.
체제가 부여하는 민주, 사회가 부여하는 자유는 더
이상 자유가 아니다.

사랑

만일
그것이 미움으로 남는 것이라면
아니올시다
진리는 영원불변이어서
변질될 수 있는 것이 아니듯이

한때는
그리도 소중하던 것이
막 굴리고 깨어지도록 둘 수 있다면
그것도 아니올시다
소중한 것은 자기 감상뿐일 것으로

그저
침묵할 수밖에 없을지라도
늘 향하고 있어야 합니다
위하는 간절함으로
지켜보아야 합니다

비록

무심한 눈빛일지언정
거짓 없는 한숨 뒤에 가려두고
따뜻한 가슴만은
믿을 수 있어야 합니다

그리하여 정녕
서로의 이름마저 묻혀질 만큼
세월이 겹겹이 쌓인 후에라도
벌거벗은 영혼과 영혼끼리는
서로 마주할 수 있어야 합니다.

가족사(家族史)

인공(人共)이 터지던 해
만경(萬頃)들 가로질러 허위허위
느리고 큰 걸음 옮기시던 조부
영문 몰라 친절한 촌부의 손가락질에
포승에 엮여 가셨다 들었다

김제 죽산 임피 해리 부안
까닭없이 예스럽고 정겹던 고울들은
막 철난 아들이 보물찾기 하듯
그 아버지 시신 찾아 더듬고 다녔던 곳이라 들었다

죽은 자의 침묵을 채권 삼아
산 자들의 빚 독촉이 곳간을 다 헐어도
조모(祖母)는 보살 같고 천치 같은 빈 동공으로
한 마디 말과도 바꾸지 않더라고 들었다

덜거리채 바닥이 난
애꿎은 가슴팍만 훑어 내리던 조부의 부(父)는
그 징한 유월이 다시 오기 전에

서둘러 목숨줄을 놓으셨다 들었다

전설처럼 그런 일들이 있었더라고 들었다
주사(酒邪)로나 띄엄띄엄 들어온 가족사일망정
고추 안 달고 나온 버리데기 같은 자식이어도
조상의 은덕(恩德)으로 타고 난 핏줄
혼 가운데 영롱하게 자리한 것을 알았다

시간

시간은 흐르는 강물 아니고
떨어져 내리는 낙엽 아니리

시간은 아이의 키를 키우고
땅에 묻은 사랑하는 이 가슴에 묻게 하는 힘

자라나는 것들을 튼튼히 세우고
묻어둔 그리움을 더 단단히 올곧게 하는 힘

시간은 각자의 목숨만큼의 기간
해와 바람과 이 땅 위에서 동거하는 기간이리

생명 있는 것들이 가진 것은 시간뿐
벌거벗고 서도 남는 것은 살아온 날들의 흔적

남 부러워하는 천만금 재산 쌓이고
빛 좋은 개살구 같은 명예 쌓인들

명(命)줄 놓을 때 온전히 남을 한 가지는

우리가 산 날만큼의 시간뿐이리

살면서 화초를 키우고 자식들을 키우고
나무를 심듯 뭇 사람들 가슴에 꿈을 심으리

등 뒤로 다가서던 그대 다순 숨길 타고
순간 속에 담겨진 영원의 비밀이 드러나고

바톤 옮기듯 달려갈 길 아직 아스라히 멀더라도
지금 딛고 선 땅 이 한 걸음 서두르지 않으리.

민주(民主)에게

가을이면 가을 속으로
봄날엔 봄빛 속에서
떠도는 그대
사시사철 푸르러이
그대 그리는 텃밭에
늘 반란의 기를 꽂는 그대

수수한 베저고리
화려한 스란치마로
떠도는 그대
격이 틀린 성장(盛裝)에도
오히려 슬프도록 고운 그대

수혈하는 이마다 외면한 채로
창백한 얼굴로
떠도는 그대
악성의 빈혈로 깊어가도록
거부하는 몸짓만이 전부인 그대.

벗에게

그대를 생각하오
언제나 슬픈 그대 얼굴

무관한 세상일에도
늘 가슴을 앓는 그대를

그대를 내 이리 잊지 못함은
세상에는 언제나 슬픈 노을이 지고
그때마다 애통할 그대임을 알기에

그대를 사모하오
언제나 따뜻한 가슴의 그대

누구 하나 의미 없는 사람이 없는
모두를 소중한 인연으로 품는 그대를

그대를 그리워함은
겨울 들녘에 남은 허수아비처럼 정처 없는 모습이
어도

변론 없이 뜨거운 눈물 나누어 줄 그대임을 알기에

그대를 만나고 싶으오
언제나 홀로인 그대

많은 사람들 넘치는 인정 속에서도
고즈넉히 혼자인 줄 아는 외로운 그대를

그대가 내게 이토록 귀함은
그대가 앓기까지 갈망하는 꿈이
상처받은 사람들 얼싸안는 세상
꽃 없이도 아름다운 세상이기에

그대
내 마음에 사는 이여
어디에 있든지 부디 안녕히.

가슴과 가슴들이

가슴에 출렁이지 못하는 강물 넘치다
가뭄에 져내려 뜬 가랑잎 하나
바람 부는 한 날을 기다리다

가슴에 내지 못하는 소리 고이다
꽃 장미 붉은 빛깔로 어리는 선혈
큰 기침 터질 날을 고대하다

돌을 삭여내는 젊은 위장(胃腸)이여
잔돌 속에 박힌 순금을 가려내다
삼킨 채 뱉는 날 헤아려 두다

아 그 날은 너와 나 없이
이름도 영광 없이도
하늘까지 메우는 큰 바람 되다
고막마다 채우는 한 소리 되다

2 계절따라

부나비

불빛을 보면
심장이 뛰었어요
가슴에 묻어논 뭉근한 숯불
하얗게 말려가는 창백함 속에

불빛을 보면
그을린 냄새 섞인
호박 불빛을 보면
아프도록 가슴이 뛰었어요

온몸을 죄어오는 포승의 아픔
보이지 않는 갈망의 굴레 속에
불빛의 체온이 주는
아스라한 자유

찰라의 고통과 환희
작은 몸을 살라 얻는
자유를 향한 마지막 몸짓
생각하면 가슴이 아렸어요.

낙화(洛花)

꽃잎이 진다
눈꽃처럼 날린다
아름다운 것을 볼 때엔
눈물이 솟구쳐 난다

꽃그늘 아래 서 있다
창백한 얼굴로 서 있다
꽃향기 속에 서면
딸국질 하듯 설움이 솟는다

언어가 소용없는 자리
눈물이 메우는 여백
꽃잎이 진다
소용도 없이 꽃잎이 진다.

풍경(風磬)

가슴 한 구석 일 년 사철
조그만 풍경이 울어
당그리당 작은 소리로
덩그렁덩 큰 소리로

시베리아 살얼음 낀 바람에
당그리당 시린 몸으로 울어
아는 이들 둘레에 도는 삭풍
덩그렁덩 어는 몸으로 울어

타오르는 멍석 열기만 스쳐도
아무도 모르게 작은 숨만 쉬어도
가슴 한 구석 풍경이 울어
영혼을 변주하듯 저만의 소리로 울어.

바람과 연(鳶)

너 사
등돌려 가면
그만이려니와
얼결에 따라나선
나는 어쩌랴

눈짓 몸짓
어느 것 하나
따로 만든 의미 없이
자연스러이
만물 흔들고 가는
너 사 무슨 잘못이랴

빈가지 끝에 와
잠시 머물던 너를 바라고
무거운 몸 망설임 없이
네 길 따라 나선
나는 어디에서
발길 멈추랴

너 사
온 길 그대로
되돌려 가면
그만일 것이려니와.

들꽃

아무도 모르게
저도 모르게
슬며시 건네온
한 가닥 마음으로

간다 온다는
한 마디 없이
가물가물 집히는
약속 어린 눈짓으로

언약도 없는
긴 날을
기다려온 것이다.

침묵 속에서도
또렷이 전해오는
눈부신 약속의 확인

바람이 건네다

주고 가는 밀어로

헤아리다 잃어지는
긴 날을
기다려 온 것이다.

그 날로부터
만남이 있기까지

그 후
또 다른 이별로부터
기인 기다림 끝에
다시 올 만남

수없는 날을
보내고야 오는 만남이지만
세상 끝날까지 지켜갈
우리의 약속인 것이다.

나무 1

내 안의 비인 뜨락에
한 그루 나무를 심던 날 이후
그 때의 관심과 단단한 각오를
때로는 잊기도 하면서
나날을 더해 갔었지

척박해 있을 때나
눈물의 장마 비에 젓어 있을 때
빈 새둥지만 품고 있을 때나
기쁨이 잎새마다에서 빛날 때에나

여전하게 뜨락을 지키고 서서
풍성하게 잎새를 내고
무성하게 가지를 펴고 있음을 알게 된 이후

손바닥만 하던 나의 뜨락은
나무가 자라면서
따라 커지고
혼자서도 외롭지 않은

풍요로운 요람이 됨을 알았지.

나무 2

밤을 새운 외로운
외침 그치고
미열 쓰고 만나는 아침
질주하는 차바퀴에
으갈려 맞는 빗물의 확인 죽음

즐비히 땅에 누운
생생한 얼굴들
휑하니 비워나간
염병난 가지 사이로
마파람에 소리죽여 새어나는 울음

떨어져 누운 자들이
소리없이 불리어가 묻히기까지
빗물의 주검이
증발하여 사라지기까지
끝없는 몸짓으로 추는 춤

시달린 어깨 초췌한 얼굴로

억지 춤을 출지라도
그것은 죽은 자를 위한 살풀이
산 자가 베푸는 이별 그린 동작.

선택의 이면(裏面)

흙먼지 나는 신작로 가에
털방울 마냥 구르는 토끼풀 꽃 같은
별스럽지도 색스럽지도 않던 내 작은 꿈들은
바쁜 일상 속에서 뿌연 먼지로 덮이고

나즈막한 토담 너머로
토실하게 살이 오르던 탱탱한 감처럼
단단하고 야물던 내 설계들은
익기도 전에 꼭지가 돈 풋감으로 남더니

바람만 불어도 떨어져 내리는
똑같은 얼굴의 상수리 알처럼
목숨인 양 매달려온 안팎 우리의 자리는
비워지는 대로 메꾸어지는 물웅덩이 같은 것

구름이 머물고 간 자리의 흔적이 그렇듯
바람은 어디서고 찾을 수 없는 느낌만으로 남고
오래 전의 내 꿈은 나뭇가지에 걸려 있는 낡은 연
같은 것

한때 우리가 있던 자리도 몇몇에게만 그렇게 남는
것일 뿐

여름

끓는 가슴으로
화상 입을 때면
내게로 오게나
쏴 쏟아질 소낙비
데불고 기다림세

다투어 피는 꽃향기
취해 어지러울 때엔
내게 오게나
사그리 휩쓸어갈 강 태풍
품에 잡아두고 기다림세

먼저 가 땅에 누운
그리운 이들이 그리울 때면
내게로 오게나
밤이고 낮이고 취해 내리는 장마비
통곡의 울음으로 보내줌세

지붕 없는 슬픔으로

춥고 서러운 때엔
내게 오게나
푸른 휘장 가득 보석을 달아
거칠 것 없는 천장 아래로 초대함세

봄나무

맑은 햇빛 속에서
말개지도록 몸을 닦으며
해들 해들 웃고 서있다.

솟아오른 젖무덤
겸연쩍은 자랑스럼에
공연스레 몸을 흔들며

밤이 이슥할 무렵
물안개 사이로 발목을 적시며
마슬을 나가던
호젓한 자태를 숨기우고

새들의 지저귐에
잔잔한 몸짓으로 화답하며
푸른 하늘 속으로 한껏 잠기어 든다.

또다시 깊숙이 드리워질
내밀한 계절을 위하여

정성껏 살갗을 매만지며

나무들은 봄볕 속에서
명주 같은 바람 한 자락만 걸치고
뿌듯이 차오를 생명의 향연을 꿈꾼다.

봄 앓이

어리 어리
눈물이 돌아
정지문에 기대어
보는 하늘이
가까이로 멀리로
흔들거리던
봄을 타던 아이의 봄날

개나리 울타리 타고
들어선 바람이
조그만 몸을
훔치고 가면
바닥으로 바닥으로
가라 앉으며
물 젖은 듯 오소르
한기가 돌아

되 창문 열고
누워보는 하늘이

가물가물 아지랑이
몰고 오르던
봄을 타던 아이의 봄날

하얗게 민들레
꽃 핀 얼굴에
물빛 같은 눈망울만
더욱 커 가고

네가 또 봄을
타는 것이여
꿈속인 양 들리는
정든 목소리
어지러운 세상
봄을 타던 아이의 세상.

시카고의 봄

가면서
곧 오마고 하고
오면서
곧 가마고 했지
늘 바쁜 너는
항상 그렇듯 바람 스치우듯이

점점이
멀어지는 뒷모습으로
그러나 이내 손 흔들며 되올 것 같은
늘 아쉬운 너는
항상 그렇듯 긴 여운으로 남아

화사히
들큰한 향내 가득히 와서
뜨거운 열기 속에
종종걸음치며 가곤 했지
늘 기다리는 너는
항상 그렇듯 어김없이 내게로 와서

잔설(殘雪)

바라볼 때마다
가슴이 밑으로 내려 앉으오
돌처럼 딴딴해진 감정의 멍울도
부드러운 한숨 속에 스러져 가며

불에 데이는 고통 아니고
물에 풀리는 저림도 없이
초라한 이내 육신 스러지오
만나자 끝이 되는 때늦음 속에

차라리 맨몸으로 나서서
소름이 돋쳐오도록 아름다운 이날
허나, 마지막이 될 이 순간을 춤출까 싶으오
그대 숨결에 흔적 없이 스러져갈 이 내 몸으로.

계절병

계절이 다시 올 때마다
생각한다
다시금 그 날을

술 마시고 난 다음날처럼
휑하니 쓰라린
빈 속이 되어

속을 훑으리는
민망한 아픔으로
생각한다

기억의 방방마다에서
제각기 사는 날들이
계절보다 앞서 일어선다.

정(情)

한지(漢紙)문에 스미는 달빛으로
대닢새에 내리는 안개비로
그렇게 오는가

가랑잎 몰아가는 북서풍으로
꽃대 분지르는 작달비로
그렇게 가는가

겨울볕 비끼고 간 툇마루에
알 듯 말 듯 온기 고이듯
그렇게 오는가

사나흘 앓고 난 열병의 끝
한 웅큼 머리 빠지듯
그렇게 가는가

3월의 수선화

하늘이 물처럼
투명하고 서늘한 날은
화관을 쓰던 날보다도
화사한 가슴이 됩니다.

햇살은 마이다스의 손처럼
모든 것을 반짝이게 하고
얼었다 풀리는 검은 땅마저
생명의 향기를 풀어놓습니다.

나는 누구여도 좋은 날
땅을 단단히 밟고 서서
큰 숨 쉬어보며
나는 아무도 아니어도
넉넉하고 좋은 날입니다.

뜨거운 눈물을
바람에 말리우게 하고
신명나는 어깨를

부끄러움에 가만히 맡겨둡니다

무수한 날을 견뎌온 지금
하루 이틀 기다림이야
기쁨이 더 할 이유이기에
아직 맵싸한 세상도 반가움입니다.

텃밭에서

신열을 바람에 씻기우며
봄볕 타고 앉은 한낮

늦가을 토닥여 묻어 논 뿌리에서
기도처럼 길어 올라오는 새순

신물이 오르는 빈 속을 가라앉히는
검고 부드러운 흙의 내음

신기루를 보듯 눈물 뒤에 어리는
달고 찬 바람의 맛

오도 가도 못하고 먼 하늘만 바라던
질기고 섧던 오랜 망향(望鄕)

속살거리는 여린 생명을 밀어 올리는
떡살 같은 흙 속에서 챙겨보는 고향.

홍시(紅柿)

매끈하게 잘 빠진 용모에
호야 등불 같은 미소가 걸리면
여린 속살 사이로 비치는 끼 여간 아니지

눈빛으로 방류되는 심사의 열은
수줍어도 지지 않고 되받는 눈길에 접수되어
때마침 한몸으로 닿아 흐를 때를 꿈꿀 터인즉

바람이 앞서가며 쓸어놓는 길
잎새처럼 일렁이는 상념들 사이로
빗물에 씻긴 말간 얼굴 도드라지듯

발자국의 이중주를 들으며 걷다가
와락 돌이켜 두 볼 감싸 안으며
쉬던 숨은 삼키고 서둘러 다른 한 숨 탐할 때

보드랍고 달콤하고 흥건하게 붉은 맛
현란하게 미각을 덮쳐 올 때
골수까지 순식간에 번져가는 열풍—맛난 키스의

맛이지

설빈(雪賓)

서설(瑞雪)이 내리면
그대를 기다리네
눈발 성큼
철 넘겨 고대한 꽃으로 피어 날리며
오마던 그대 오더라 오더라 하네

백설(白雪)에 눈 시려 하며
그대를 기다리네
성(城) 밖 저만큼에서
그대를 보았노라 보았노라고
다투어 창가에 와 사락거리네

풍설(風雪) 사이로
그대를 기다리네
처마를 훔치며
솔가지 연기처럼 불리어 가며
그대 오고 있더라고 손짓하며 가네

잔설(殘雪) 너머로

그대를 기다리네
봄빛에 스러져가도
아직은 남겨진 목숨
그대 하마 영마루에 구름처럼 올까 하네

가을낙엽

가을이 떼로 몰려 거리를 휩쓸고
정처없이 헤매고 돌 때는
허름해진 울타리에 버팀목을 세우고
비스감치 열려 있던 맘 속의 사립문에도 빗장을 칠
일이다

가을이 마르고 카랑카랑한 목소리로
이름 모를 채무(債務)를 상기시킬 때는
해진 호주머닐망정 뒤집어 털지 말고
남루한 어깨 위로 내리는 먼지 같은 허무도 털어낼
일 아니다

가을이 아우성치며 앞서서 내달리며
사정없이 전신을 던져 구르는 세상 속으로
하염없이 이끌려가는 유혹의 얼굴을 확인할라치면
새삼 뒤돌아보게 되는 길고 느린 육신의 그림자가
서러울거나

가을이 그 슬프도록 절실한 구원의 몸짓으로

기억의 사진첩을 펼쳐오는 순간마다
가위에 눌리듯 생생해오는 희비(喜悲)의 펄럭임 사
이로
비 젖은 지폐마냥 어제가 될 오늘이 질펀하게 깔린
다

가을이 운동장에 딩구는 만국기처럼
아쉬운 축제마당에 아직 남아 서성일 때
긴 시위로 와 꽂히는 노을 한 자락이라도 밟을 수
있다면
센티멘탈 100%의 링겔액이 오랜 빈혈에 수혈될 거
나

3 인연이 있기에

결별

그것이었다
언제나 있어온 배신은
혼자가 아닌 둘이서
서로 다른 것을 꿈꾸는 일

원하고 찾는 것이 많을수록
등 돌리고 버림할 것도 많아지기에

행복하게 보여지는 것이 귀한 너와
행복을 누리고픈 나 사이는
마주서도 동과 서처럼 멀었고
풀리는 강가의 얼음 조각 마냥 서걱거렸다.

네가 믿는 행복과
내가 아는 기쁨의 근원이 낯설어질 때

언제부터 우리의 행복과 사랑은
풍요로움과 결탁해온 것이었는지
회상 없는 환상만 있는 허망(虛妄)이었는지

메아리 없는 독백을 두고 길을 떠난다.

염원

이제는 한 마디 말도 가 닿지 않는
먼 하늘 아래 어딘가에 있으리라는
그리움 한 가닥 구름으로 떠돈다.

우리 사이에
태평양이 앉아 있거나
어느 틈엔가 둘 사이에 들려질
이승과 저승 간의 거리로 남게 될지라도

조금도 다름없는 한 가지는
바람조차 후비고 들어설 자리 없는
젊은 날 우리들의 이야기
강 언덕 저편의 기억들이겠으나

보고 듣는 것이 더하여지면서
우리네 역치도 그만큼 높아가서
더 이상은 무엇 하나 소중할 것 없노라
미련 둘 것도 없노라 하고 싶어질 때라도

하늘 아래 비스듬히 누워
소매 끝 한 자락 땅 끝을 스치며
여전한 모습으로 거기 있는 산을 볼 때에는
문득 그대를 보는 것만 같아라.

어느 날엔 꿈결에 스치고
깜박이는 속눈썹 사이로
무수히 비껴가는 수많은 얼굴 간에 찾아지는
눈 익은 그대를 보는 것만 같아라.

산같이 있으라 그대는.
이 세상 살 동안 무관한 우리는
그래도 어쩌다 대하는 연자색 먼 산을 보듯
그리움으로 눈물 괴는 대상으로는 남아
세상을 향한 우리의 해석은 바뀌어갈지라도
어디서나 어느 때라도 지평선에 나 앉은 먼 산처럼
아무런 연유없이도 미더운 뫼로 남아라 그대는.

그대에게 나는

그대에게 나는
비 오시는 날
그대 손에 들리는 작은 우산

그대에게 나는
무더운 한낮
그대의 물잔에 뜬 푸른 버들잎

그대에게 나는
잠 없는 밤
하늘에 뜬 작은 별 하나

그대에게 나는
노을마다 살아오는
상념 한 가닥

그대에게 나는
산정(山頂)에 선
그대 외침에 답하는 고운 메아리

그대에게 나는
그대에게 나는
오직 그대만의 나.

기다림

기다림은
기다리마고 작정한 자의
예정된 고통이다.

혼자서 거는 주문에
심장의 무게를 다는 실험이다.

걷잡을 수 없이 쏠려가는
허물어짐의 시작

염전에 잡아둔 바닷물 닳듯
수액을 말리우는 담근질

송곳처럼 신경이 곧추서는
편집증의 징후

초침소리가 천둥처럼 고막을 치고
설디 선 맥박소리가 파장을 키워간다.

기다림은
이렇다 할 근거 없이도
신앙처럼 깊어지는 믿음이다.

진언(眞言)

바람까지도 비단실 마냥
올올이 헤아려내고
늘 있던 햇볕까지도
풀무 끝에서 더 빛나게 살아 나오던 불씨들처럼
화안히 읽어내던 그런 사랑을 한 적 있었네

바라만 보아도
가슴 한 구석이 쪽문처럼 열리고
땅에 후드득 쏟아지는
소낙비의 냄새를 닮은
살아낸 적 없는 먼 옛날마저
정신없이 그리워지던 시절에

식당과 화장실에 가는 일이
똑같이 부끄럽던 시절에
물만 마셔도 살아질 것 같던
하늘을 바라 오르던 풍선 같던 시절에
내가 한 사랑은
스무 살에만 보이던 그런 세상이었지.

아무리 손 내밀어도
잡히지 않던 햇살을 쥐듯
아무리 애를 써도 소리가 되지 못한 말들은
철로변에서 맥없이 터뜨리던
족두리 꽃씨 속으로 숨어들고

시랍 깊숙이 간직한
꽃씨가 까맣게 잊혀지도록
사랑이라는 말 대신에
눈물 괸 눈길로 살고 싶다고 말하던 사람
다음 봄은 영영 올 것 같지 않던 시절이었네.

그 후론 기다려 듣고픈 말 하나
내 마음을 심을 씨앗으로 품게 된 것
그 날들이 데불고 왔던 한 사람의 전언(傳言)처럼
바라보며 세상을 살고자 하는 마음이 일면
밑도 끝도 없이 살아있음이 그저 감사해지면
이는 사랑임을.

딸에게

아직 어렸을 때 누구나
그런 꿈을 꾼다고 믿은 적이 있단다.
노랑나비, 혹은 별이 되는 꿈
행여 죽으면,
걸음마 걷는 옆집 아가로 다시 날 것이라고 믿어지
던 때

그러다가,
부쩍 키가 자란 어느 날
꿈엔 못다 푼 시험지만 보이고
햇빛을 기워내는 포플러 잎새가 덧없이 부러울 때
하루는 저수지의 물처럼 갇히고
산다는 것은 유월 한낮에 걷는 시오릿길 마냥 막막
하기만 했었지.

내 마음에 네가 안기고
네 안에 내가 사는 것을 알게 될 때쯤
시간은 손 안에 쥔 물처럼 안타깝더니
어느덧,

노상 지나가는 바람의 걸음걸이를 헤아릴 만큼
남은 삶을 헤아림이 익숙해지고 보니

다시금
노랑나비가 되는 꿈을 꾸게 되누나
아니면, 별이 되는 꿈
그래서 언제고 맨 끝날이 되는 날
이별은 결국,
자유로운 해후일 것임을 신앙하게 되었구나.

내가 나이기 위하여

너를 생각한다
어디서고 마음 한 곳으로부터
들리는 귀에 익은 멜로디

꽃잎이 지고
비가 내리고
햇살이 눈부신 날에도
세포를 일으켜 세우는
기억의 향기

내가 나이기 위하여
너를 생각한다

물살에 떠밀리고
바람에 불리우고
못내 몸져누운 자리에서도
내가 나이게 하는 이름의 부름인 양
너의 이름을 내가 부른다.

너를 보내며

너를 보내고
뒷걸음치며 주저하던
너를 보내고
나를 하릴없이 서서
지평을 본다

너를 처음 만난 날처럼
마지막 보는 날도 비가 내리고
우기에 젖은 천지간에
나는 젖은 나무처럼 서 있다

나무야 때가 오면
잎을 내고 낙엽을 떨구어가며
돌아오는 계절을 살아가겠지만
너를 보내고
나는 무엇으로 텅 빈 계절을 견디랴

그래도 여전하게 살아가거든
그것이 우리들의 약속이라 여기자

언제쯤 만나자는 그 말 아니고
언제나 잊지 말란 그 말 아니고

한 그루 나무처럼 뿌리를 내리고
각기 그렇게 살아가자는 것이다
때를 따라 잎을 내고 떨구어 가며
자연스레 그렇게 살자는 것이다

슬픈 날

슬픈 날
눈길 가는 곳마다
동그랗게 이슬이 맺히고

슬픈 날
생각하는 것마다에
뻥뻥 구멍이 뚫린다

현실은
도도한 강물로 흐르고
반짝이는 물비늘따라
수천 수만으로 부유하는
편린의 기억

슬픈 날
무너져 내리는 성채에
홀로 버려지고

슬픈 날

만나지지 않는 그리움이
구부린 어깨 위로 올라앉는다.

미래는
먹장구름 뒤로 몸을 사리고
천둥과 번개 피해
몸을 누일 곳
먼 그대 목 언저리를 생각한다

인연(因緣)

너를 만나면
모른다 하랴
십수 년 세월에 그을린 너를
정녕 모르고도 남으리라

나를 만나면
그저 스치랴
풍문도 없이 멀리 온 나는
어쩌면 그렇게 어려우리라

한때 우리는 누구였느뇨
지금은 또 무슨 의미로 남아
가끔씩 귓전에 오는 음성은
천 리 밖에서도 들리는 메아리

모른다 하고
그저 지나치는 마음이
손에서 미끄러지는 유리그릇 다치듯
산산이 부서질 것만 같은

우리는 누구였느뇨
지금은 또 무슨 의미로 남아
후회없이도 미어지는 가슴은
찾을 길 없는 우리들의 젊은 날

시(詩)

주소도 없는
편지를 씁니다 그려
잠에서 꿈 깨어
설풋 아직도 남은 꿈자리 더듬어가며
그립다 그립다 씁니다 그려.

이름도 없는
편지를 씁니다 그려
아무도 받아볼 이 없지만
가슴에 맺힌 말을 뒤적여가며
미운 맘 고운 맘 씁니다 그려.

눈뜨면 내 할 일은
아름다운 세상을 쓰는 일이요
눈물나는 세상을 쓰는 일이요
눈 감고 누워서도 내 하는 일은
못다 쓴 아쉬움을 다독여가며
시원의 그리움을 쓰는 일입니다.

흔적도 없는 바람에게
소리없이 서 있는 나무에게
듣는지 마는지 알지 못해도
나직 나직 이야기하듯
못다 쓴 남직이는 노래하면서

글로도 다 못 쓰는 목마름일랑
눈물어린 침묵으로 쓰는 일입니다.

짝사랑

그댈 보려
한 길로 나서던 때는
해 빠져나간 서녘 들판을 등지고
길고 마른 그림자가 선두서고

허둥지둥
먼지 나는 신작로로 나서던 때
집게에 물린 마당가의 빨래가닥 마냥
뒤로 잡아 당겨가던 못난 마음

그댈 생각하면
시작도 끝도 없는 스무고개
대답을 찾지 못한 아득함으로
내려온 어둠만 맥없이 탓하더니

인제는 서슴없이
늘 보고픈 그댈 보려니
바람 타고 가는 구름을 보듯
보이는 물상마다에서 그대를 보는 눈.

이별 노트

낙엽을 보면서
더 이상 슬프지 않음은
땅 위에서도 여전히 아름다운 까닭입니다.

한 가닥 바람에 얹히어
어디론가 홀연히 불리어가도
그것이 마지막이 아닌 것을 압니다.

손바닥만한 내 뜨락으로
쉼없이 끌어 모으던 노력 멈추고
대신 둘러쳤던 담장을 풀어 내리렵니다.

도랑을 치고 물길을 터 주듯이
먼 곳에 있는 그대로 인한 슬픔 대신
그대로 인해 행복할 사람들과 함께 행복해지렵니
다.

그대가 있어 정겨운 사진처럼
내가 있는 풍경화가 아름다운

세상을 살겠습니다.

떠남을 위하여
마지막 한 자락의 햇살까지도 보듬어 안는
더 부시게 성장을 차린 가을 잎새처럼

이별을 위하여
하늘 아래 어딘가에는 그대가 있음을 감사함으로
그대 떠난 빈자리를 채우렵니다.

애인

수줍은 듯
반기는 연인들에게서
너의 얼굴을 찾는다.

계곡을 타는
물소리 같은
너의 목소리를 기억해내며

햇살 등지고선 듯
부신 모습에
눈 감겨 감겨
서러워하며

너는 언제나
같은 나이로
나를 찾는다.

호면을 스쳐와
해맑게 닦인 바람 같은

그 웃음 웃는 얼굴로

머무는 자리가 있는 듯
돌아서 가면
익숙한 몸짓으로
만나질 것만 같은 그 자태로

하루도 아니고
한 삼 년도 아니고
그 오랜 오랜 시간 속에서.

편지

나는 그런 꿈을 꾸어요.
첫 가을 햇살에 비치어든 노란 은행잎을 볼 때처럼
내가 차마 당신에게 작은 떨림이라도 될까 하는
당신의 피곤한 눈에 아—하는 설레임으로
별빛 담은 눈이 되는 순간이나마 있게 하는

하늘이 눈부시고
아침 햇살 흥건해오는 시간이면
하루 내 견뎌내야 할 그리움이 버거워지는
슬픔 때문에
그것은 꿈이었음을 알아요.

내겐 아직 이런 바람 하나 남아 있어요.
내가 행여 그대에게 설풋이라도 떠오르면
바람 피해 잠시 멈춘 양지녘 처마 밑에서처럼
그대의 쓸쓸한 가슴에 잠시라도
온기로 찾아드는 작은 평화로 떠오르기를

차라리 여위어가며 시간과 경주하고 있을 그대를

전해오는 바람 속에 설핏 느끼며
그대의 상처 속에 내가 있지나 않은지
내 바람은 어디쯤에서 멈추어 선 채
그대에게 가 닿지는 않는지 하는
아픔이에요.

동행

살아 있는 것을 사랑할라치면
먼저 자연의 자유함을 배워야 할 것입니다.
산기슭을 핥는 부드러운 물결이나
열 뜬 뺨 가볍게 스치며 가는 바람을 대할 때처럼
붙잡지 않고도 느낄 수 있어야 하기에.

혼자 아닌 두 몸이 함께 살라치면
기상예보에 따라 살듯 살아야 할 것입니다.
궁리에 맞지 않게 찾아드는 비바람이나
머리 벗겨지게 작열하는 태양에 저항하는 이가 없듯
묵묵히 할 바를 하는 일은 숨 쉬듯 해야 하는 일이
기에,

주장하지 않고도 소유할 수 있음은
있는 그대로를 수용할 때뿐입니다.
내가 원하는 그대가 아닌 그대 그대로
그대가 원하는 내가 아닌 본연의 나로
아귀를 맞추려 힘쓰지 않고 수수히 마주하며

한 번씩 이방인으로 마주 선대도
놀라거나 낯설음 타지 않고 바라볼 수 있다면
우리는 함께 길을 떠날 수 있겠습니다.

첫사랑

꽃을 피워내는 햇빛과 바람이
그대의 눈길과 미소와 닮았다.

하루의 해는 정해진 일정을 따라 길을 가고
바람은 단호하게 저만의 지도를 따라 불어간다.

하여, 우리는 돌아오는 계절에 희망과 미련을 묻으며
지는 꽃잎이 말없이 남기는 약속을 믿는다.

그러나 우리,
약속을 저버린 것은,
그대도, 시간도, 꽃도, 바람 때문도 아니다.
우리 누구도 우리의 생일을 택하지 않았듯이
우리의 기일 또한 우리의 선택이 아니기에.

그대와 나 사이엔,
남겨진 약속도 없고
희망이나 미련을 묻을 계절도 따로 없으나
별처럼 살아 나오는 것이 하나 남았다.

사랑이라는 기억으로 끝내 남았다.

외할머니

내 마음 같지 않아
서럽다디야
네 마음 같지 않아
노엽다디야
그것이 한계란 걸 몰랐다디야.

위하는 마음인 줄
알면 되는 것이고
해도 안 되는 것이사
별 수 없지야
뭣땜에 그리도 서러웁다냐

섭하다고 앞세우면
한도 끝도 없는 것이고
속 아픈 사연으로 침사
밤새워도 못다할 맴이 것지야

다들 그리 사는 것이여
알게 모르게 상처줌서 사는 것이지

그것이 비단 어제 오늘 일이라냐
그것이 어디 니뿐이리야

속앓이로 점차 알게 되지야
참고 살다보면 알게 되지야
사람 살았다 할 게 없는 것이
그런들 한평생이 일장춘몽인 것을

눈에 넣어도 안 아플 내 새끼
네 마음을 내 어찌 모를까마는
마음 다독이며 살아라
공산에 명월 가듯 살아라.

유추(類推)

너의 말 한 마디를 근거로
너를 온전히 내 안에 들인다

화석에 찍힌 잎새 하나로
동토의 땅에 푸르던 생명이 있었음을 믿게 되듯이
그 잎새 수만으로 일렁이던 해 밝던 숲을 보게 되듯
이

한 조각 화석에서 백만 년 전의 삶을 확인하듯이
한때 더불어 숨 쉬던 생명으로 꽉 찬 세상을 보듯이
여름밤 은하수로 깔리는 백만 개의 언약을 듣는다.

너의 말 한 마디를 근거로
나를 온전히 네게로 보낸다

점 하나 길어져 위아래 감치고 도는 선이 되듯이
생각하나 깊어가 핵(核) 품은 사상이 되듯이
종자(種子) 하나 싹틔워 녹원이 되는 것을 본다

심층 깊숙한 곳에서 길어 올려진 그 한 마디로
꾸리고 갈 살림(生)에 대한 청사진이 그려진 듯이
너를 근거로 내 사는 세상을 다시 본다.

흠모(欽慕)

과거이면서 현재인 사람
그대에게 나 과거가 되었대도
그대는 내게 아직 현재 진행형

혼자여도 함께인 그대는
멀리 있어도 내 안에 머무는 사람
아무도 알 리 없는 나만의 사람

잠 깨이는 순간부터 잠들 때까지
기억 없는 꿈속에도 함께 일 듯한
그대는 내게 늘 현재 진행형

과거 현재 그리고 미래인 사람
운명 숙명 소명 천명 살아낼 적에
고운 모습 그대로 내 안의 사람

작별

뒷모습을 보는 것은
연극의 종막처럼 허전하다
낯익은 발걸음으로
점점이 멀어지는 것을 보는 것은

떠나는 모습이
눈에 밟히는 추억이 되듯
이별은
잊지 못할 서러운 사건
꿈에서 다시 보는 아쉬움이다

그러나 그것은
그리움이 잔설처럼 남아 있을 때의 일
사랑이란 이름으로 기억되어질 때의 일
미련이 새순 돋듯 돋아날 때의 일이다.

4 일상을 살아가며

미시간 애비뉴

마차가 멈추면
흰 블라우스의 목이 긴 여인이
검은 앵클부츠의 한 발을 먼저 땅에 내려놓겠지.
노천카페의 푸른 파라솔 아래
쇼팽의 안경을 쓰고 금시계 줄을 린넨 셔츠 위로 내
려뜨린
퍽이나 눈 익은 그 청년을 향해 잰걸음을 옮길 때
막 토닥인 분빛 환희가 엷은 향으로 날리겠지.
별을 담은 두 눈으로 그녀를 올려다본 그가
인두 같은 입술을 그녀의 손등에 내릴 때
그녀의 혈관으로 단내가 도는 흐름의 소용돌이가
일겠지.

미시간 호수가 보이는
거리의 카페에 앉아
한 번씩
잊고 산 기억의 파편에 맞을 때까지
눈을 뜨고도 나는 옛 사람들의 사랑을 꿈꾸지.
사랑은 어차피,

기리는 자에게 남겨지는 공동의 유산
상상과 현실을 잇는 칠월 칠석의 은하수

밀려오는 파도처럼 한때를 머물다간 사람들
카페의 벽에 흑백의 영상으로 걸리고
그들을 반기고 희롱하던
햇볕과 바람만이 여전한 미시간 애비뉴.

혼자 있어도 혼자가 아닌 이는 행복하고
여럿 가운데서 혼자일 수 있는 이는 부유하듯이
사랑의 기억은 우리에게 그런 것이지.
행복과 부유함이 들풀처럼 자라는
끝 간 데 없는 지평의 들녘이지.

축복의 모습

언제나 좋은 맘으로
보고픈 이가 있음은 기쁨
물가에 서면 비춰지는 내 모습을 보듯
스스럼없이 만나고픈 이가 있음은 축복

언제고 노래하는 맘으로
그리는 이가 있음은 행복
햇살 속에 싱그러이 선 뿌리 깊은 나무처럼
찾으면 만나질 이가 어딘가에 있음은 축복

잡을 수 없어도 느끼는 바람처럼
만질 수 없어도 보이는 달빛처럼
말로 하지 않아도 읽어지는 눈빛처럼
그렇듯 내 이름을 불러줄 이가 있음은 축복.

자화상

겨울 하늘에 건성 머무는 반쪽 달처럼
내 안의 너는 핼쑥한 모습이다.

바퀴 달린 신발을 신고 여지없이 앞만 보고 달려온
너는
늘 폐를 앓는 사람처럼 숨이 가쁘더니.

느닷없이 기억된 오래된 메모지 한 조각을 찾아 뒤
지듯
어딘가에는 있을 법한 아스라한 심정 속의 헤아림
으로
산다는 것은 늘 숨박꼭질하듯 안타깝더니.

사립문 토담 위에 포개어 꽂히던
노란 봉투의 부고장마냥
울 안에 들어서기도 전에 무수히 통고되던 사망소식

허영과 허울 기만과 오만 내 싫은 이름들은
또 다른 나의 이름일 것임에 서둘러 매장하는 의식

을 치루고야

내 안의 너는
모처럼 맨발로 편안한 걸음새였지.

어제와 오늘을 사이로
운명을 달리한 목숨들을 먼 훗날 내 애기로 미리 들
으며
아무것도 더 이상 절박할 것 없고 더는 절실하지도
않다는 것을 들었다.

시린 하늘에
반쪽으로 걸린 달이
건강한 두 볼을 부비며 차오르는 날을 받아 놓았듯

내 안의 너는
초조로움을 이긴 안심한 얼굴이다.

재회

나는 보았네
마루에 담요 깔고 홍역 싸고 누워
우물가에 나앉은 사철나무 위에
대문 옆 미루나무 잎새 위에 쉬던
부러움에 눈물나던 수십 년 전 그 바람을
필부릭 공원 단풍나무 위에서 보았네.

나는 보았네
졸다 깨어 앉은 대청마루에서
담장 밑에 흐드러진 해당화 위에
소나기로 단단해진 흙마당 위에
어질어질 쏟아지던 수십 년 전 팔월의 햇살
에반스톤 어느 울타리 찔레꽃 위에서 보았네

나는 보았네
아침마다 얼굴 곱게 매만지시며
눈가의 주름살 헤아리시던
덧니 고운 미소 띤 수십 년 전 엄마의 그 얼굴을
오늘 아침 화장대 거울 속에서 보았네

자연은 아무것도 달라진 게 없고
다만 나 혼자만 변해온 게지
언제나 그대로 인해 바람 속에서
여린 순 자라서 한 계절 살고 지듯
오랜 시간 이후로도 여전한 세상일 거네.

소월을 읽으며

소나기 햇살 정수리에 맞으며
부신 그리움으로 소월을 읽는 한낮
뽕 오디 검게 익을 내 고향 남촌
당신의 약산 진달래도 그리워

무더기로 피다 지는 꽃잎처럼
나라사랑 자연사랑 사람사랑 속
아픔이 병으로 깊어지던 시대
수명이 절반으로 꺾어지던 삶들

이상과 현실 사이로 비껴 앉던 세상
당신의 고뇌 속엔 아름다운 시가 숨쉬고
시대의 고통은 상사(相思)의 아픔처럼 멍들던 때
지금은 외로움이 꽃망울로 부풀고

사람은 설어도 민들레 질경이 여전한 땅
낯익은 건 하늘과 땅 그 위의 푸른 것들 뿐이려니
먼저 살다 간 사람들의 고뇌가 활자로 날아와 앉는
한낮

미시간 호수의 물비늘에 눈부셔 감는 눈이 젖어오
네.

오수(午睡)

너는 그곳에
나는 이곳에
바람소리도 가 닿지 않는 먼 거리를
옥색치마 같은 하늘 한 자락이 가 닿았다.

박음새처럼 쪽 고른 수평선 따라
살포시 네 콧날을 따라 흐르던 손끝 따라
흐르는 가느다란 선율의 전율

지금쯤은 어쩌면
달력의 날짜를 짚어보거나
긴 그림자 거느린 채
해 그림자 헤아리고 있을
낯익은 언덕 위의 너의 초상

눈만 감으면
나는 그곳으로
길게 쉬는 내 숨 아직 이곳에 남기며
길을 떠난다.

보고 싶은 얼굴

지하도에서
인파에 떠밀려 걷다가
문득 스치운 얼굴 하나
가슴을 쿵하니 치더라
보고 싶은 네 얼굴이었나

붉은 신호등 앞에
잇단 차량의 행렬
차창가에 무심히 기댄 얼굴 하나
자동차 경적에 놀라
뛰는 심장의 고동소리에 놀라
보고 싶던 네 얼굴이었나

눈물이 돌도록
시리게 푸른 하늘로
방금 갈은 연필로 스케치한 듯
선이 고운 나뭇가지 사이로
햇살처럼 번지는
너를 향한 추억

너는 이제
숱한 고독한 상념 속에서
풍화되고 표백되어진
어디서나 살아 숨쉬고
아무데서도 찾아지지 않는 바람

그러나 꼭 한 번은
다시 만나서
네게 전하고 싶은 말 한 마디 남아
눈부셔 감아도 보이는 하늘
눈감은 꿈속에서도 보이는 얼굴

보고 싶은 네 얼굴이었나
보고 싶은 네 얼굴이었나.

거울 앞에서

헤아림하는 것은
주름이 아니라
어제와 행여 다른 눈빛
촉수가 달라진 안광이다

바라는 것은
아름다움보다는
한결같이 납납한 낯빛
목화송이 같은 부드러움이다

바라보고 바라보아도
낯익은 그 누구도 아니라
심문하는 마음으로 보아온
늘 침묵하는 한 장의 정물화

타인을 바라볼 때처럼
실상을 보는 것이 아니라
순간의 기분이 큐를 던지는
날마다 인상이 다른 사진이다.

마음

비가 와도
젖지 않는 땅
담아도 담아도
넘치지 않는 물동이

맑은 날에는
서늘한 하늘빛으로 담기고
바람 부는 날엔
소리 없는 파동으로 일어

솔 피우는 내음
훈훈한 불기 어린 땅
골라내고 골라내도
자글대는 돌멩이 널린 채

고지 먹은 듯
쉴새없는 노동을 하며
평생 품을 팔아
갈고 업는 한 뼘의 땅

추억

비 오시는 날
실비를 타고
사락사락 뜰에 내리고

바람 부는 날
마포 자락에 실려
솔솔솔 품 안으로 앵기는*

기약도 없고
정처도 없이
이러나 저러나 오가는
너를 누가 그리움이라 하더냐

놀지는 하늘가로
번지는 저녁 연기 빛깔로
앵 토라진 맘 상관없이 살며시 깔리는
너를 누가 그리움이라 하더냐

세월의 흔적없이

고운 매무새로
비위없어 얼찐거리는 애릿한 자태로
명치 끝 마치며 오는 너를 안지 않을 수 있더냐.

＊ 앵기는 : '안기는'의 지방사투리

이민자

고향을 떠나온 자는
하늘 위에 또 한 하늘을
포개어 두고 산다
눈시울을 채우고 도는
아지랑이 춤사위에 익숙해지며

기억의 터를 떠나
멀리나 가까이로
길거나 짧게라도
이방에 머물러 본 자는
해질 무렵의 공허를 안다

떠남은 끝이 아니고
회귀의 시작이 됨을
끌로 뼈에 새기는
잊지 못할 이름들을 안고
깊어가는 고랑 따라 그리움이 채여감을

곁에 두고 보는 이는

현실로 오는 세상사도
떠나온 자에게는 늘 그리는 꿈
볼 수 없는 거리를 사이에 두고
소리없이 안부를 묻는 가슴이 되어 산다.

희망

들일 수도 낼 수도 없는
긴 숨에 체하여 있을 때에도
너는 언 땅에 보리싹 올라오듯이
그렇듯 건강하게 내게 살아온다.

실버들잎 떠도는
물살을 헤듯
어질어질 온몸이 흔들거려도
눈시울 뜨거워지는 의미로 온다.

화려한 불빛과
높다란 빌딩 숲을 지나온
가뿐 숨 쉬는 작은 새처럼
내 작은 품안에서 파닥인다.

낯선 지붕 위에
노란 햇살을 묻히고 오르는
저녁 연기 같은 일상의 그리움으로
아무렇지 않게 자연스러운 몸짓으로 온다.

시카고의 바람

분다.
미립자의 섬세한 파동으로
실핏줄처럼 고운 선의 흔들림
잎새 없는 나뭇가지를 감싸 안으며

바람이 분다
닻 한 폭으로도
신나게 바다를 타던
그 옛날처럼
그러나 오늘은
방음유리의 창가를 쓸며
애꿎은 휘파람으로 목이 아픈데

바람이 분다
동리 밖 느티나무
주름진 이마 위로 오수를 불러오던 때처럼
그러나 오늘은
빌딩 벽에 미끄러지며
고단하게 터져 나오는 신음

분다 분다
존재하는 모든 것 위에
만난 기억 없는 듯이
아무 인연 없는 듯이
어디에나 묶인 바 없이
그저 늘 자유로와서
천 년을 두고 분다
만 리를 떠돌며 분다.

이방인

두고 온 하늘
남기고 온 사람
언제고 돌아가야 할 듯
소풍날 헤어보는 아이처럼
건성 보내는 날로 생이 채워져 가네

바래지지 않는 회상의 자락
세찬 바람을 맞듯 더 큰 획으로 휘저어질 때
가슴 속에 와인빛 그리움이 차 있어
작은 몸에 항용 술기운이 떠도네.

취하게 하는 것에는 향기가 있어
누룩빛 내 그리움은 술을 닮아 있어
빈 잔 들고도 멋들어지게 취기가 오르는
이곳은 타향하고도 이국 땅.

세월은 어차피 차분한 걸음새로 걸어나가고
햇살 속의 내 그림자 수는 정해져 있는 것
죽음은 다른 것 아닌 흰 햇살과의 결별

목덜미 간지럽혀 드는 바람과의 영이별이네.

하여,
언젠가 한 번은 다녀오기라도 해야 할 곳
그 바람과 햇살 여전할 그 땅에서
스스로 걸어둔 마술을 푸는 일은
집착의 연을 끊는 것

끈 떨어진 연처럼
허망없게 될 그 모습
바람과 한몸 되어
가도 괜찮다 싶어질 때
그때야 이방인 된 설움이 가실 것이네.

외유(外遊)

세상을 사는 그대가
큰 가슴으로 산정에 올라서 있을 때
때로는,
홀 그림자 하나 받쳐주는
달빛에 발견될 때에도
세상이 그대를 사는 것이다.

그대 눈을 어지럽히는 형과 색
그러나 빛 하나 거두어내면
시원(始原)의 어둠 속에 모두 잠기고
오직 그대 하나 감지되듯이
그대가 감은 눈 속에
세상이 살아낸 그대가 남는다.

태어난 땅을 떠나 세상의 한 끝으로 나아가도
그대 두 눈에 담아낸 산하
그 산천이 또한 그대를 품어온 것을.
언젠가 그대 반듯이 눕는 땅
그곳이 어디이든 그대 온전히 돌아가는 곳.

자연 속에서 아무것도 잃는 것 없음은 깊은 안식이
다.

이후론,
흐르는 물과 꽃의 토양과 바람의 숨으로 자유로울
지니

세상이 그대를 산다.
그대는 세상이 경험하는 오직 단 하나의 그대로 남
는다.

이국 정서의 공동체적 친화력
—최선주 시집 『미시간 애비뉴』

김종회(문학평론가, 경희대 교수)

1. 8만리 물길 건너 아메리카의 한국 시

태평양의 검고 푸른 물길 8만리를 넘어 미국의 중부 시카고에서, 한 시인이 한국어로 시를 쓴다는 것은 대체 무엇을 말하는가? 국적으로 이미 다민족 국가인 미국의 시민이면서도, 자신의 의식세계를 형성하게 한 모국어를 잊지 못하고, 그 언어의 가장 정제된 형태인 시를 지속적으로 창작하고 있다는 것은 항차 무엇이란 말인가?

최선주 시인! 자신을 키운 이 땅을 떠나 미국 시카고에 정착하고, 다른 이들을 섬기는 목회와 그들의 아픔을 돌보기 위해 상담하는 치유심리학의 실천자이며, 무엇보다도 이렇게 시집을 묶어내는 문필가이다.

좀 서둘러 말하자면 그가 시 창작자의 명호를 내걸고 있는 데는 다음과 같은 몇가지 뜻이 개재해 있다.

첫째, 그의 세계인식 방식이 미국과 한국이라는 공간환경의 양자에 함께 걸쳐져 있는 터이고, 그의 존재자아가 경계인, 곧 디아스포라의 운명적 형상에 경도되어 있다는 점이다. 미국은 일상의 호흡을 유지하며 살아야 하는 삶의 터전이 되었고, 한국적인 것은 그의 내부를 점유하고 있는 오래된 관습의 그림자와도 같다. 이 둘이 의식의 충돌이나 문화적 충돌을 일으킬 때, 그는 우선 이 상황을 스스로에게 설명하고 납득시킬 수 있어야 한다.

둘째, 그와같은 경우에 그 설명의 방식을 선택할 수 있는 여러 경로가 있겠으되, 최선주가 선택한 길은 시적 언어를 통해 이를 풀어내는 일이다. 하나의 언어는 하나의 세계를 이해하는 가장 효율적인 도구이다. 그러므로 최선주에게 있어 언어, 곧 시적 발화는 단순한 말의 조합이 아니라 자기 세계를 해명해 보이는 치열한 의미 장치이다. 만약 그에게 시가 없었다면 어떠했을까? 자기 정체성의 혼란이 주변에 즐비한 환경 속에서, 시는 그가 선 자리와 갈 곳을 밝혀주는 작은 등불이 아니었을까?

셋째, 그의 시는 앞 항의 경우와 같이 보다 큰 부피를 가진 자기와의 화해 이외에도, 시인이 당면한 말 못할 작은 아픔들을 감당하는 위로자일 터이다. 다른 이들을 섬기며 돌보는 그가 그 자신의 상처를 치유하는 데, 그의 시는 강력한 효력을 보였을 수 있다. 시인이 '후기'에 기록해 둔 바와 같이, 불현듯 떠오르는 동경과 그리움, 갖가지 느낌과 상념, 그리고 그것을 드러내는 설레임과 부끄러움 등의 감정이 시가 되었을 때, 그것이 발양하는 활력을 누리는 것은 시인의 몫이다. 요컨대 시와 더불어 그는 '행복'할 수 있었을 것이다.

사정이 그러할 때, 우리는 이 시인의 시를 나누어 읽으면서 함께 행복해질 수 있었으면 좋겠다. 이 시집은 모두 네 개의 장으로 구성되어 있고, 각 장마다 주제가 비슷한 시들을 한데 모은 형국이다. 표제작인 「미시간 애비뉴」는, 2005년 미주중앙일보 신인문학상 당선작이면서 그가 살고 있는 시카고의 한 거리 이름이다. 그의 시가 곧 그가 살아온 삶의 다른 이름이요 형상임을 표상하는 듯하다.

이 시인이 이국적 정서를 담은 시의 제목을 굳이 표지에 내세운 것은, 디아스포라로서의 자신의 존재와 자기 시가 서 있는 자리를 포괄적으로 드러내려는 의지의 소산이기도 하다. 이제 그만 그의 시세계 속으로 걸어 들어가 보기로 하자. 우리도 그와 더불어 행복해질 수 있기를 기대하면서.

2. 동시대의 아픔과 삶의 근본에 대한 질문

미국과 한국의 공간환경적 절연성에도 불구하고 시인은 끊임없이 한국 사람들이 안고 있는 동시대의 과제에 대해 깊이 있는 눈길을 보내고 있다. 한국 현대사의 다기한 굴곡과 그것이 거쳐온 세월의 갈피 사이에 잠복한 아픔들이, 어찌하여 저 먼 나라로 거처를 옮겨갔음에도 불구하고 그를 자유롭지 못하게 하는 것일까?

> 밝은 세상 아직 먼데
> 마시는 공기마저 아픔이 되는
> 피멍든 가슴으로 남은 우리를 뒤로 한 채
>
> 가는 그대
> 세월이 무수히 흐를지라도
> 그 여전한 모습으로 다시 오라
> 사진 속에서 환히 웃는 그 모습으로

—「젊은 그대-영정에」 부분

이 시 속의 '그대'가 어떤 시점에서 어떤 연유로 영정 속에서 웃는 모습이 되었는지에 대한 추가 정보는 우리에게 없다. 그러나 시인이 그의 가슴 아픈 죽음 앞에 명목하며 그의 죽음이 '우리'와 우리 시대의 문제를 희생적으로 맡고 나선 것임은 어렵지 않게 알아차릴 수 있다. 그래서 시인은 '그대'에게 '다시 오라'고 요구한다. '역사 속에 작은 횃불이 되어 뭇 가슴에 영원할 그 모습으로.' '그대'를 그렇게 쉽사리 흘려보낼 수 없는 까닭에서이다.

그 '젊은 그대'는 다음 시편 「젊은 그대 2—고백」과 「젊은 그대 3—무덤」에서도 같은 정조로 떠올라 있고, 시인은 이 '그대'를 두고 공동체적 삶의 근본적인 의미와 그것이 시적 화자의 가슴에 새긴 날카로운 상흔에 대해 질문한다. 「수인(囚人) 1」 「수인(囚人) 2」 「수인(囚人) 3」이나 「그 오월」 「불멸」 「민주(民主)에게」 등의 제목을 보아도, 이 시인이 붙들고 있는 동시대적 상황의 문제의식이 지속적이고 웅숭깊은 것임을 알 수 있다. 그의 시각이 더 확대되면 「통일이여」나 「유토피아」와 같은 보다 폭이 넓은 범주의 세계관을 담아내기도 한다.

그러나 이처럼 자아의 운동 영역을 확산한다고 해서 가슴 속의 내밀한 아픔, 삶의 근원적인 대목에 관한 감각이 허약해지지는 않는다. 시인은 여전히 그리움이나 고독, 잠 못 이루는 밤의 힘겨운 시간들을 견디고 있다. 논리적 이성으로 무장하고 자신의 상처를 직시하며 그것을 시로 치환하는 고심참담한 과정 끝에, 그는 드디어 자신이 자유인이 아님을 선언한다.

내겐 자유가 없다.

늘 단정하게 차려 입고

빵꾸 나지 않은 양말에 윤낸 구두를 신은 채

반복되게 질서가 있는 하루하루를 보낸다.

취침 전엔 양치질을 하고 맨몸 위로 걸친 맥신한 잠옷으로

품위 있는 문명인을 살아내는

나는 자유인이 아니다.

—「자유인」 부분

　시대의 아픔과 개인의 가슴앓이는 극복될 수 있는 것일까? 그것을 도덕 교과서나 우등생의 모범 답안으로 답변하자면, 거기에 이미 시가 설 자리는 없다. 시인은 스스로 '자유인'을 내버릴 만큼 자기 한계를 알고 있다. 그러나 그 분별의 꼭지점까지 시적 발화를 이끌고 나아가는 행위, 거기에 시가 감당할 대목이 있고 극복 자체에 비중을 두지 않는 극복의 방식이 있다. 그에게는 그 아픈 가슴 그대로가 시대적 비극을 반사하는 거울에 해당한다. 이것이 이 시인, 최선주가 동시대인을 응대하는 시의 문법이요 그 언어 용법이다.

3. 여린 감성의 자아와 그 사회화의 형상

동시대의 쟁점에 대한 분명한 주견을 가졌으되 그
것을 드러내는 방식에 있어서는 언어적 표현에 충실
한, 이를테면 비판적 관찰자의 자리에 시인은 서 있
다. 시인이 현실적 투쟁주의자가 아닌 것은 그 자신의
환경 조건 및 문화적 성향, 양자 모두에 함께 연관되
어 있는 문제이다. 한걸음 더 물러서면, 그에게는 강
한 사회적 인식을 함축한 시적 자아 외에도, 계절이나
자연 경관을 따라 민감하게 반응하는 여린 감성의 시
적 자아가 있다.

그러기에 불빛을 보면 아프도록 가슴이 뛰는 부나비
로 옷을 살아입기도 하고, 눈꽃처럼 꽃잎이 지는 아름
다운 것을 볼 때엔 눈물이 솟구친다고 고백하기도 한
다. 그에게는 들꽃이나 나무들이 기다림이나 울음의
주체이며, 봄이나 여름 같은 계절은 신산스러운 세상
살이의 모양이나 빛깔을 구체화 한 외피에 해당한다.

가을이 떼로 몰려 거리를 휩쓸고
정처없이 헤메고 돌 때는
허름해진 울타리에 버팀목을 세우고
비스감치 열려있던 맘 속의 사립문에도 빗장을 칠 일이다.

가을이 마르고 카랑카랑한 목소리로

　　이름 모를 채무(債務)를 상기 시킬 때는

　　해진 호주머닐 망정 뒤집어 털지 말고

　　남루한 어깨 위로 내리는 먼지 같은 허무도 털어낼 일 아

　니다.

—「가을 낙엽」 부분

　시인은 자기 감성의 여리고 연약한 부분을 대책없이 방기하는 과단성을 거절한다. 가을이 흥왕한 시기에는 '비스감치 열려있던 맘 속의 사립문에도 빗장을 칠 일'이라고 단언하고 있다. 그런가하면 그 가을이 '이름모를 채무(債務)'를 요구할 때는 '남루한 어깨 위로 내리는 먼지같은 허무'도 털어내지 않겠다고 다짐한다.

　하나의 시 안에서 맞서 있는 '허무'의 감상성과 '빗장'의 의지력 사이에 시인이 건너는 어지러운 외나무다리가 걸려있다. 이 지속적인 양가성의 출현은, 결국 이 시인의 부드럽고 은밀한 내재적 자아가 객관적인 사회화의 길로 나아가고 그러한 시적 형상을 발양하게 될 것임을 예고한다.

　시인은 그 동시대의 공시적 관계에 있어 상관성의 양 축이 되는 너와 나, 사람과 사람과의 연계를 '인연'이라는 말로 요약한다. 그 인연의 이름으로「결별」의 시편이나「염원」의 시편이 제작된다. '나'의 대타적 존재인 '그대'는 그리움이나 기다림과 같은 여러

정서적 반응을 유발하는 대상이다. 시인은 그 '그대'
에게 '산같이 있으라'고 주문한다.

> 산같이 있으라 그대는.
> 이 세상 살 동안 무관한 우리는
> 그래도 어쩌다 대하는 연자색 먼 산을 보듯
> 그리움으로 눈물괴는 대상으로 남아
> 세상을 향한 우리의 해석은 바뀌어 갈지라도
> 어디서나 어느 때라도 지평선에 나 앉은 먼 산처럼
> 아무런 연유 없이도 미더운 뫼로 남아라 그대는.
>
> ―「염원」 부분

'그대'에게 거는 주문은, 시적 화자인 '나' 또는
'나'를 포함한 '우리'의 심리석 싱황에 깊이 상관되어
있다. 공동체적 삶의 질서에 대한 수긍과 시인의 내부
에 잠복돼 있던 내면적 자아의 사회화 과정이 그와 같
은 발화를 가능하게 하는 요인이다.

시인의 상대역인 타자는 때로 딸이나 외할머니처럼
혈연의 너울을 쓰고 나타나기도 하고 짝사랑이나 첫
사랑, 애인이나 동행과 같은 민감한 삶의 길벗으로 얼
굴을 드러내기도 한다. 이들 모두에 대한 애잔한 사랑
의 감정을 끌어안고, 그것을 '인연'이라 호명하며,
'나'의 내부에서 '우리'의 공동체에 이르는 시적 범주
속에 이 시인의 세계가 걸쳐져 있다.

4. 두 중층구조의 의미망, 또는 시각의 역전

앞의 글에서 살펴본 바와 같이 최선주의 시는, 미국
과 한국이라는 서로 다른 공간 환경, 그리고 동시대의
공동체와 개별적 자아의 서로 대립적인 정체성이 어
떻게 만나며 어떤 관계 위에 서 있는가를 탐색하는 것
이었다. 그것은 시인의 일상에 깊이 침투해 있는 경계
인으로서의 좌표를 확인하는 일이요, 그렇게 경계인
으로 살아야 하는 운명에 대하여 자기 방식의 언표를
부가하는 일이기도 했다.

이 명료한 이중적 삶의 위상을 시로 설명하는 데 있
어, 시인은 전혀 어려운 어휘나 과도한 치장을 사용하
지 않았다. 또 그러한 것은 소박하고 값있는 삶의 진
정성에 눈길을 모은 이 시인이 추구하는 바도 아니었
다. 그러기에 시적 기교나 언어의 화려함과 거리를 두
고, 있는 그대로의 삶을 응시하며 그것의 보편적 가치
를 소중하게 거두어들이는 그의 시를 주목해 보는 터
이다.

　　미시간 호수가 보이는
　　거리의 카페에 앉아
　　한 번씩
　　잊고 산 기억의 파편에 맞을 때까지
　　눈을 뜨고도 나는 옛 사람들의 사랑을 꿈꾸지

사랑은 어차피,
기리는 자에게 남겨지는 공동의 유산
상상과 현실을 잇는 칠월 칠석의 은하수

밀려오는 파도처럼 한 때를 머물다 간 사람들
카페의 벽에 흑백의 영상으로 걸리고
그들을 반기고 희롱하던
햇볕과 바람만이 여전한 미시간 애비뉴.

시의 문면에 등장하는 미시간 호수와 이국 정서를 묻어둔 거리 미시간 애비뉴가 이 시인에게 환기하는 상념이나 감응이, 아무런 과장도 없이 자연스럽다. 시인은 아주 많은 부분에서 '미국적'으로 변화해 있다. 그러기에 그의 눈에 비친 '시카고의 바람'은, '동리 밖 느티나무 주름진 이마 위로 오수를 불러오던 때처럼' 분다.

이민자이자 이방인으로서의 일상이 가슴 한 구석을 '설움'으로 적시고 있으나, '언젠가 한번은 다녀오기라도 해야할 곳, 그 바람과 햇살 여전할 그 땅에서, 스스로 걸어둔 마술을 푸는 일은, 집착의 연을 끊는 것'임을 익히 알고 있다. 해석하기에 따라서는 참으로 처연한 삶의 현장이다.

자연 속에서 아무것도 잃는 것 없음은 깊은 안식이다.

　　이후로, 흐르는 물과 꽃의 토양과 바람의 숨으로 자유로
울지니

　　세상이 그대를 산다.
　　그대는 세상이 경험하는 오직 단 하나의 그대로 남는다.
—「외유(外遊)」 부분

　여기 이 시 「외유(外遊)」에 이르면, 문득 시인은 시적 화자의 시각에 잡힌 '그대'의 지위를 뒤집어 버린다. '그대가 큰 가슴으로 산정에 올라서 있을 때'에 이르러, '세상이 그대를 사는 것'이라는 수사가 가능하자면, 그 인식의 주체가 내포와 외형의 자유로움을 확보해야 하고 그것을 선언하는 자기 실현이 있어야 한다.

　말하자면 주체의 타자화, 타자의 주체화가 가능한 존재론적 인식의 자유로움에 도달해야 한다. 그 시각의 역전 현상은, 서두에서부터 살펴본 디아스포라, 경계인으로서의 자기 점검과 그것의 운명적 한계를 체득한 이후에 비로소 가능할 터이다. 그것을 넘어설 정신적 관점과 그것을 수식할 언어의 여유가 조화롭게 악수할 때 비로소 내다볼 지경이 아니겠는가.

　우리가 최선주의 시에서 발견할 수 있는 동시대의 아픔, 삶의 근원에 관한 문제와 그것을 넘어서는 길,

그리고 회색지대를 딛고 살아야 하는 중간자로서의 입지는, 단순히 최선주 시인 한 사람의 것이 아니다. 우리 시대에 이질적 문화와 부딪치며, 또 그것을 감수하며 살아야하는 모든 사람들의 자기 표현이다.

그런 연유로 그는 곧 우리이며 그의 시는 곧 우리의 시이다. 반대로 우리 또한 그의 시 속에 있는 상호 소통의 구조 가운데 함께 있다. 그가 처한 객관적 상황은 결코 '행복'한 것일 수 없겠으나, 이를 시의 문법으로 형상화해 보이는 그 언어와 사유의 길찾기에는 우리도 행복하게 동참할 수 있다. 이것이 시의 힘이고, 동시에 우리가 그의 시를 주의깊게 들여다본 소이이다.

　그리운 것은 어디서나 불현듯 살아 떠오르고 귀에 익은 멜로디마냥 들려오듯이, 제게는 가슴으로 파고드는 시 구절들이 그랬습니다. 유년시절부터 가슴에 지니게 된 동경과 그리움은 나이가 들어감에 따라 그 내용과 빛깔이 바뀌면서도 삶에 의미가 되고 힘이 되어 주었습니다.

　그 동경의 한 자락은 글을 통해 만나는 선인들과 그들을 향한 그리움에 닿아 있었고, 그것은 살면서 때때로 경험하게 되는 사람들로부터의 불신이나 상처를 견뎌내게 하는 마음의 버팀목이 되었습니다. 읽을 수 있는 시가 있어서 행복했고 시를 쓰는 즐거움이 있어서 외로움을 견딜 수 있었습니다.

　시인의 마음이 되고자 하는 동안, 글을 쓰는 일보다 더 중요한 것은 자연과 조화를 이루는 일이며 사람 사는 세상을 연민하는 일이라 믿게 되었습니다. 그러한 믿음 가운데, 가슴속에 차오르는 느낌과 머릿속에 떠오르는 상념들을 다른 이들과 함께 공감할 수 있도록 형상화하는 일이 글을 쓰는 일이라면, 그것을 공개하는 일 또한 만인을 향한 고백이자 초대라고 생각됩니

다. 그러기에 기쁨에 앞서 설렘과 부끄러움을 느끼게
되는 것인지도 모르겠습니다.

　서랍 안에서 해가 묵어 가던 글귀들이 세상에 나올
수 있도록 계기를 만들어 주신 김호길 님, 고원 님, 이
양우 님께 감사를 드립니다. 바쁘신 중에 쾌히 해설을
써주신 김종회 교수님과 시에 대한 단평을 써주신 홍
용희·김수이 교수님, 태평양을 건너 교통할 수 있도
록 다리를 놓아 주신 한선희 사모님과 신정순 선생님
께 뜨거운 감사를 드립니다. 그 외에도 제 시들이 한
자리에 모이는 자리를 마련하기 위해 힘써 주신 여러
분들과 도서출판 청동거울에 감사한 마음을 전하고
싶습니다.

2007년 4월
시카고에서 최선주